EDICIONES EKARÉ

ESTELA
HADA DEL BOSQUE

MARIE-LOUISE GAY

© 2002 Marie-Louise Gay

© 2002 Ediciones Ekaré

Edif. Banco del Libro, Avenida Luis Roche, Altamira Sur. Caracas, Venezuela

Todos los derechos reservados para la presente edición en español

Publicado por primera vez en inglés por

Groundwood Books/Douglas & McIntyre, Canada

Título del original: Stella, Fairy of the Forest

Traducción: Verónica Uribe

ISBN 980-257-272-1

HECHO EL DEPÓSITO DE LEY

Depósito legal If 15120018001870

Impreso en China

02 03 04 05 06 07 08 09   8 7 6 5 4 3 2 1

A mi padre

–¡Estela! -gritó Samuel-. ¡Estela! ¿Dónde estás?
–Aquí -susurró Estela.

–¿Dónde? -preguntó Samuel-. No puedo verte.
–Eso es porque estoy jugando a ser invisible –contestó Estela.

–¿Cómo se hace eso? -preguntó Samuel.
–Pienso en cosas invisibles -contestó Estela-, como el viento o la música…
–¿O las hadas? -preguntó Samuel.

—Las hadas no son invisibles -dijo Estela-. Yo he visto miles.
—¿Cierto? -dijo Samuel-. ¿Dónde las viste?
—En el bosque -respondió Estela-. Allí mismo. Vamos, Samuel.

–No sé -murmuró Samuel-. ¿Hay osos en el bosque?
–Los osos duermen en el día -dijo Estela-. Vamos, Samuel.

–¿Cómo son las hadas? -preguntó Samuel.
–Son chiquirriticas y bellísimas -dijo Estela-, y vuelan muy rápido.
–¡Allí hay una! -gritó Samuel-. ¡Mira!

–Esa es una mariposa, Samuel -dijo Estela-. Una mariposa amarilla como el sol.
–¿Las mariposas comen pedacitos de sol? –preguntó Samuel.
–Sólo las amarillas –respondió Estela.

–Entonces las mariposas azules deben comer pedacitos de cielo -dijo Samuel.

–¿Cómo sabes? -preguntó Estela.

–Yo sé muchas cosas -dijo Samuel.

–Mira -dijo Samuel-, unas nubes aterrizaron en ese campo.

–Esas no son nubes, Samuel. Son ovejas.

–¿Y no son peligrosas las ovejas? -preguntó Samuel.

–Tan peligrosas como una cobija lanuda -dijo Estela.
  Vamos a saludarlas.
–Ve tú -dijo Samuel-. Yo las miraré desde aquí.

–¿Quién plantó todas estas flores? -preguntó Samuel.
–Los pájaros y las abejas -contestó Estela.
–¡Abejas! -gritó Samuel-. ¡Nos pueden picar!

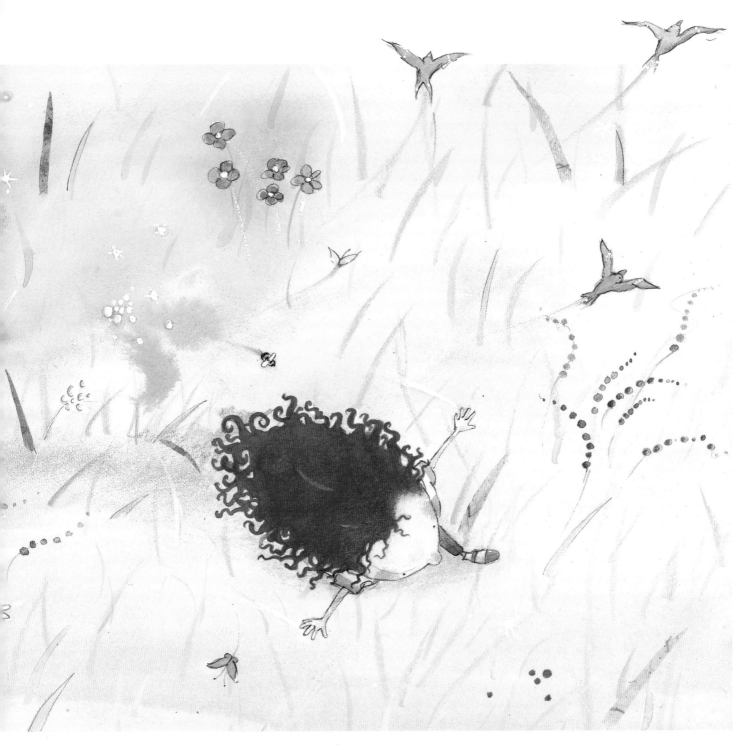

–No -dijo Estela-, no nos picarán si nos movemos mu-u-u-u-y despacio.
–¿Estela? -susurró Samuel-. Tienes una abeja en el pelo.
–¡Corre, Samuel, corre! -gritó Estela.

–Tenemos que cruzar el arroyo -dijo Estela.
–No quiero mojarme los pies -dijo Samuel.
–Yo te llevaré. ¡Upa!

–¿No es muy resbaloso? -preguntó Samuel-. ¿No nos caeremos?
–No -respondió Estela-, caminaremos sobre las rocas.

—¿Estela? -dijo Samuel-, una de las rocas se está moviendo.
—No, Samuel, no se está moviendo -dijo Estela.
—Mmmmm… -dijo Samuel.

–¿Era una tortuga? -preguntó Samuel.
–Sí, Samuel -suspiró Estela.

–¿No te parece hermoso el bosque? -dijo Estela-. Mira esos viejos árboles.

–¿Son más viejos que la abuela? -preguntó Samuel.

–Casi -dijo Estela-. Deben tener por lo menos cien años.

–¿Por eso es que tienen la piel tan arrugada? -preguntó Samuel.

–No es piel -dijo Estela-. Se llama corteza.

–La corteza de la abuela es más suave -dijo Samuel-. Sobre todo en las mejillas.

–Subamos a este árbol -propuso Estela-. Veremos el mundo entero
desde arriba.
–¿Suben los conejos a los árboles? -preguntó Samuel.

–No, pero tú sí puedes -dijo Estela-. Ven, Samuel. Es precioso aquí arriba.
–Es precioso acá abajo también -dijo Samuel-. Con los conejos.

–Mira, Samuel -dijo Estela-. ¿No es linda esta culebra?

–Yo diría que es bastante larga –contestó Samuel-. ¿No se tragan a la gente las culebras

–Esta es muy pequeña.

Entonces, se tragará a la gente pequeña –pensó Samuel.
Allí hay un puercoespín -dijo Estela-. ¡No lo toques! ¡Pincha!
¿Y a quién se le ocurriría tocar a un puercoespín? -preguntó Samuel-. ¿O una culebra?

–Yo soy el rey del castillo -dijo Estela.

–¿Cómo hacen las rocas para crecer tanto? -preguntó Samuel.

–Un gigante las riega todos los días -dijo Estela-. Ven, sube, Samuel.

–Creo que el gigante debe estar regando ahora mismo -dijo Samuel.
–Es sólo la lluvia -dijo Estela-. Hagamos una casa del bosque.

–¿Cómo? -preguntó Samuel-. ¿Por qué?
–Haremos el techo de ramas y helechos -dijo Estela.
 Y dormiremos sobre una cama de musgo.

–¿Dormir? -dijo Samuel-. ¿No se despertarán pronto los osos?
–Samuel, ayúdame a llevar estos helechos -dijo Estela.

–Esto es perfecto -dijo Estela.
–¿Qué hacemos ahora? -preguntó Samuel.
–Buscar hadas -dijo Estela-. Si ves un hada puedes pedir un deseo.

–¡Allí hay una! -gritó Samuel.
–¿Dónde? ¿Dónde?
–No la viste. Ya se fue -dijo Samuel.

–¿Y qué pediste? -preguntó Estela.
–Quisiera quedarme aquí para siempre -dijo Samuel.
–Yo también -dijo Estela.